분노의 임신일기 03

어차피 나올 거면서, 왜?

분노의
임신일기 03

어차피 나올 거면서, 왜?

양자윤

우당탕탕 다사다난했던 양자 씨 부부의 임신 여행 종착지!

안.전.한 출산!

과연 양자 씨는 오래도록 꿈꿔온 대로 '성스러운 분위기에서 우아하게, 그리고 별 탈 없이 순조로운 출산'을 할 수 있을까요? 임신과 육아에 관한 자료는 넘쳐나지만 정작 가장 겁나고 가장 궁금한 출산 이야기는 마치 구전설화처럼 산모들의 입에서 입으로 전해내려올 뿐이죠. 그래서 양자 씨가 또 한 번 나섰습니다. 진료 보러 왔다가 갑자기 입원한 순간부터 생진통 끝에 응급 제왕절개 수술, 다리 마비와 함께 진빠지던 입원 생활을 지나 조리원 라이프, 산후 도우미와의 생활까지 속 시원히 풀어내고 저의 임신, 출산 여행을 마무리지을까 합니다.

양자 씨 씀

먹지도 쉬지도 않고 그저 바쁜 엄마를 묵묵히 참아주며
외로울 땐 톡톡톡, 신이 날 땐 퐝퐝퐝 맞춤 태동으로
모든 순간을 함께 나눈 그녀.
2.2kg 초 미니로 태어나 100일 만에 상위 8% 우량아가 되기까지
혼신의 힘을 다해 먹고 자며 건강하게 자라 준
나의 딸기 재하에게
이 책의 첫 페이지를 바칩니다.

차례

 맺음말-다시 만날 날을 기약하며

오늘 당장 유도 분만

오늘 당장 유도 분만
세상에서 가장 빨리, 가장 깊게,
그리고 가장 시끄럽게 자는 달팽이 영감.
출산이 임박한 상황이라고 해서
그 버릇 어디 가겠어요?
화가 난다, 화가 나!

왕복 2시간 빗길을 뚫고 🍓딸기와 엄마를 모셔온 달팽이 영감. 이때 까지만 해도 100점 남편이었쥬.

딸기를 먹고 세수, 양치까지 완벽히 마치고 조금 자두려고 누워서 눈을 감았어요.

2분 뒤

그 후로 새벽 1시까지...

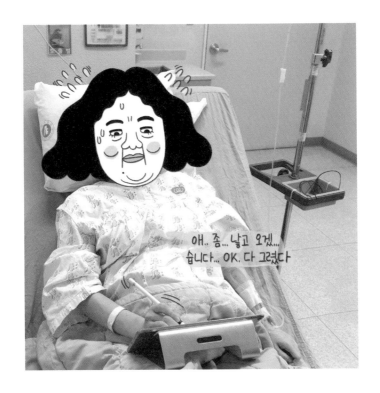

배는 아프지, 뭐가 어찌 돌아가는
상황인지 알 길은 없지, 난생 처음 들어와 본
분만실에서 완전히 무방비 상태로
내 몸을 맡겼는데 조금은 친절하게
해줄 수 있지 않아요?
묻는 말에 일일이는 아니더라도 이상하다,
잘못된 것 같다 말을 하면 한 번 정도는
더 들여다봐주는게 당연한 거 아닌가유.

자궁문이 1cm도 안 열린 상태에서 너무 일찍 진통이 시작되었습니다.

한참을 기다린 후에 무통주사를 놓주실 마취과 선생님이 오셨는데.

굉장히 불친절하고, 대답도 잘 안해주고, 인턴인 듯한 분을 데려와 다 벗은 내 허리를 딱딱 짚어가며 한참을 가르치는데 너무나 불쾌하고 불안하더라구요.

불친절하면 제대로라도 꽂아주던가, 훗날 양자 씨는 어마어마한(?) 후유증에 시달리게 됩니다.

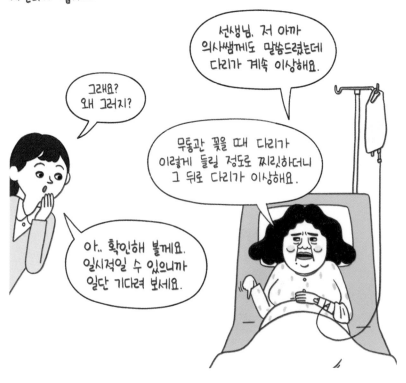

그 후로도 만나는 선생님들께 계속 얘기했지만 아무도 제대로 봐주지 않았습니다.

아니이- 저 진짜
다리 좀 봐달라니까요. ㅇ

김양희!

무통관 삽입 후 태아 심박수가 떨어지는
일은 종종 있기도 하는 일이더라구요.
그냥 이러저러하니 잘 보고 있으란 말이라도
해줬으면 좀 더 빨리 의료진을 부를 수도
있었을텐데……. 아무 말도 없고, 와보지도
않다가 나중에야 우르르르 달려와서 산소호흡
기를 씌우니 양자 씨가 얼마나 놀랐게요 :(
대부분의 산모들에게는 작은 것 하나하나
처음 겪는 일이라는 걸 좀 알아주면 좋겠어요.

자궁문은 여전히 열리지 않고 하염없이 기다리는 시간이 이어졌습니다.

잠시 후

어쩜 이렇게 한 순간도
순탄하지를 못하니!

어휴 진짜!
배 아파 죽겠는데 계속 두 번 세 번 말하게 하고
출산 가방도 같이 챙겼는데 물건 위치 하나도 모르고…….
아니, 산모 마시려고 준비한 물을 자기가 왜 마셔요?
아니이- 립밤이랑 머리끈이랑 같이 들었는데
립밤 꺼내면서 머리끈을 왜 못봐요!
답답해, 너무 답답해!

진통 수치는 최대를 찍은 지 오래지만 여전히 자궁문이 안 열려 무통주사는 못 맞는대요. 결국 날이 밝도록 생 진통을 계속했습니다.

달팽이 영감의 진가는 이럴 때 나타나죠. 너무나 느리고 허둥대기만 해서 자꾸만 양자 씨의 화를 돋워요.

나 얘 때문에 더 힘든 것 같아요...

이건 고무줄 아니고 뭐야!
이게 안 보여? 왜 안 보여!
투명한 비닐에 립밤이랑
머리끈 딱 두 개 들어있는데
대체 이걸 왜 못 봐?
응? 왜!
왜왜왜왜!

ㄷㄷㄷㄷㄷㄷㄷ
ㄷㄷㄷㄷㄷㄷㄷㄷ

달팽이
살려~~~

더는 못 참아!
크ㄹㄹㄹㄹ릉

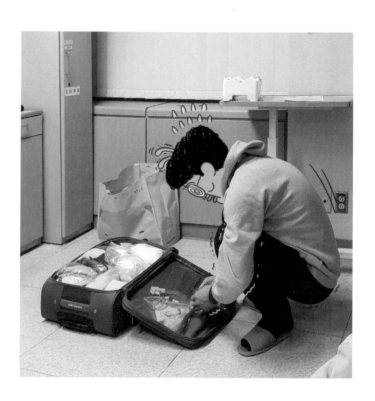

달팽이 영감님 너무나의

누구도 쉽게 해줄 수 없는 일을
기꺼이 해준 달팽이 영감님께 박수를!

고난의 출산과정에서 달팽이 영감이 아무것도 하지 않은 건 아니에요.

와구와구 욕 먹기

진동 주기마다 머리채 잡히기

귀싸대기 맞기: 사전에 협의된 귀싸대기 입니다! 평소엔 절대로 안 그래요!
※공포의 출산가방 참조

이 궂은 일을 달팽이 영감이 아니면 누가 하겠어요?

너덜   너덜

❀ 자기야... 난 진짜 괜찮아 ❀
❀ 자기야... 난 진짜 괜찮아 ❀
❀ 자기야... 난 진짜 괜찮아 ❀
❀ 자기야... 난 진짜 괜찮아 ❀
· · · · · ·

친구의 사랑, 천사의 등장

깊은 산속 늑대 굴에 혼자 내던져졌다가 은인을 만나
구사일생한 양자 씨 출산 과정에서 열불 터지는 우여곡절이
많았지만 좋은 분들도 계셨답니다.
입원하자마자 엄청 굵은 주삿바늘이 무서워 (출산해보신 분들은
아시쥬? 거짓말 좀 보태서 젓가락만큼 굵은 그 주삿바늘이요ㅠㅠ)
울음을 터뜨렸을 때 너무나 침착하고 인자하게 안심시켜주신
간호사 선생님. 침대에서 굴러떨어질 듯이 떨던 양자 씨를
용감무쌍 양자 씨로 거듭나게 해주신 수술실 마취 선생님.
두 분이 계신 방향으로 하트를 두 개 날립니다.
죄송해요. 두 분께만 감사해서…… 후다닥-

애타게 기다리던 무통주사를 맞았지만 호흡곤란이 와서 5분만에 응급수술이 결정되었습니다.

달팽이 영감과 인사도 못한 채 홀로 수술실로 들어섰는데 어찌나 무서운지
아무리 심호흡을 해도 온몸이 사시나무 떨 듯 떨리고 눈물이 펑펑 났어요.

그때 천사가 등장했어요.

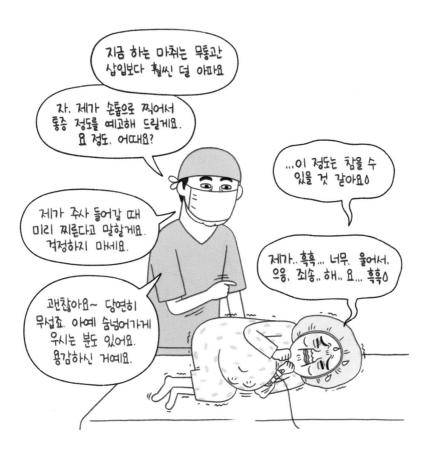

수술이 끝날 때까지 머리맡에 서서 안심시켜주신 너무나 고마운 마취쌤!

선생님 덕에 용감해진 양자 씨는 수면 마취도 안 하고 씩씩하게
후처리까지 마칠 수 있었답니다.

제왕절개 수술이 진짜 별 거긴 한데,
또 별게 아니기도 하더라구요.
엄청 무섭지만 금방 지나가니까
너무 겁먹지 말고 부딪혀봅시다.

어차피 나올거면서

어차피 나올 거 뭐 그리 나를 고생시키냐!
얼른얼른 뿅 나오면 너도 좋고 나도 좋잖아~

그래도 장하다, 반갑다, 기특하다.
요 예쁘고 귀엽고 사랑스러운 녀석아. ♡

2020. 01. 08
AM 10 : 35

2.22 kg
초 미니 딸기 탄생!

출산 직전까지만 해도 엄청나게 감동적이고 드라마틱한 모녀의 최초상봉을 상상했었지만.

아가야.
내가 네 엄마야
사랑한다♡

BGM : Non. Je Ne Regrette Rien

모든 과정이
성스럽고 우아할거야.
우후훗♡

딸기는 나오자마자 으앙- 한번 울더니 눈을 부릅뜨고
양자 씨를 째려보고

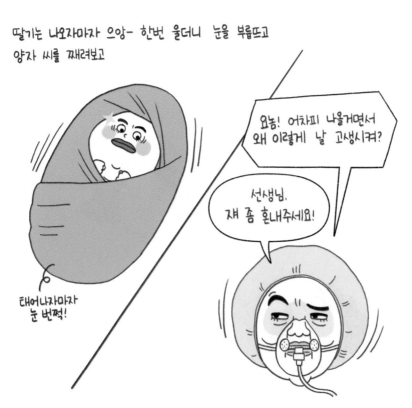

요놈! 어차피 나올거면서
왜 이렇게 날 고생시켜?

선생님.
쟤 좀 혼내주세요!

태어나자마자
눈 번쩍!

양자 씨는 딸기를 보자마자 투정부터 부렸쥬.

너무너무 반갑다. 요 예쁜 녀석아
으흐흐흐흐흐 내 새끼 예쁜 새끼♡

그렇게 우스운 모녀상봉 후 남아있던 두려움이 깨끗이 사라졌어요. 그리고 자꾸만 웃음이 나지 뭐예요. 딸기 한 톨 만한 녀석 눈빛이 어찌나 당돌하던지.. 어휴~

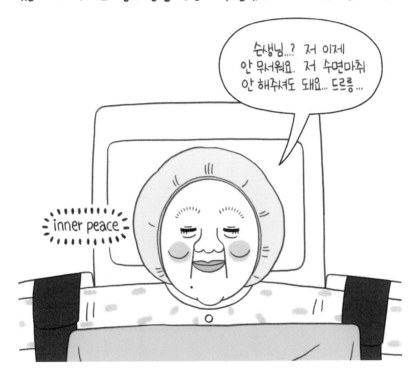

선생님..? 저 이제 안 무서워요. 저 수면마취 안 해주셔도 돼요... 드르릉...

inner peace

말아도 너무 말았네

달팽이 영감 = 딸기
누가 봐도 거푸집 ㅎㅎㅎㅎㅎ

엄마가 후처리를 하는 동안 아기는 먼저 수술실을 나가서 기다리고 있던 보호자를 (대부분 아빠) 만나고 신생아실로 이동합니다.

보통은 아기를 데리고 나가서 보호자를 호명하는데

달팽이 영감에게는 곧바로 와서 묻더래요.

그 이유는 ...

둘이 너무나 똑같아서! ㅋㅋㅋㅋ

다를 게 뭐야?!

친언니 순대 씨의 출산은 딱 제가 상상하던
모습이었어요. 순대 씨는 눈도 잘 못 뜬 채 또르르
눈물을 흘려가며 엄마와 감동의 인사를 주고 받았죠.
온가족이 침대를 둘러싸고 수고했다며 적신 솜으로
입술을 축여줬답니다. 순대 씨가 위대해 보이고
어른이 된 것 같은 날이었어요. 당연히 양자 씨의
출산도 그러겠거니 하며 머릿속으로 우아하고
성스러운 음악까지 세팅해뒀는데……
밖에는 아무도 없었고
양자 씨는 너무나 씩씩했다아!

수술 후 저체온이 안정되지 않아서 30분 정도 머물러야 할 회복실에서
1시간 30분을 머물다 겨우 나왔습니다.

세 번, 네 번을 호명해도 대답없는 달팽이 영감과 마미

결국 혼자 덩그러니 남겨져서 의료진의 도움을 받아 병실로 이동했습니다.

하지만 병실에도 없는 두 사람. 결국 보호자의 몫인 환복과 기타
뒷처리까지 간호사쌤들이 해주셨답니다.

한참 후에야 느긋하게 들어선 두 사람

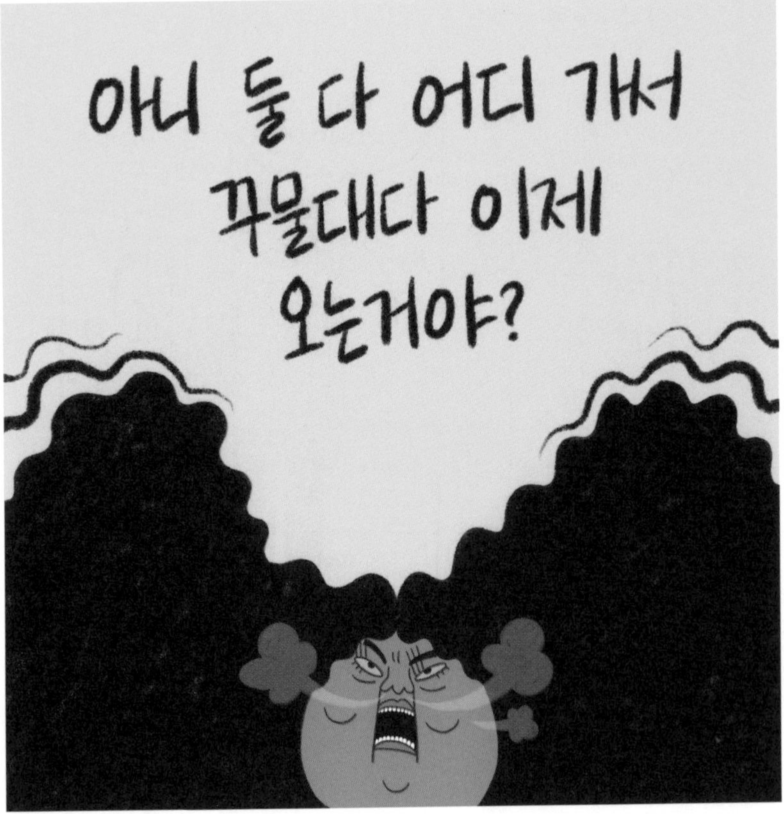
아니 둘다 어디 가서
꾸물대다 이제
오는거야?

감동 뿜뿜 성스럽고 우아한 출산은...
제 인생에는 없나봐요. ㅎㅎㅎㅎ

6인실은 너무 민망해!

6인실······.
와우······.
6인···실······.

와······어우···휴···절레절레

선택지 없이 배정 받은
6인실에 적응해보려 노력했지만
정말이지 힘든 시간이었습니다.

너덜

너덜

같은 병실 쌍둥이 산모가 병실이 떠내려가라 코를 곯아서 밤새 한숨도 못 자고

입원실 담당 간호사님들은 너무나 바쁘고 불친절했어요.

저.. xxx호 환자인데요
패드 좀 갈아주시겠어요?

뭐라구요?
안 들려요

아, 저.. xxx호
환자인데요.. 패드...

딸깍

여보세요...?
아니... 저기요?

잠시 후 돌아온 간호사님이 조심성 없이 커튼을 활짝 열어 제친 순간, 잠시 들어와 계시던 앞자리 환자의 남편분과 눈이 딱 마주쳤답니다.

너무너무 화가 나서 조심해달라고 항의했지만 들은 체 만 체 해서서 혼자 눈물만 찔끔 흘렸답니다.

심지어 패드 교체 중 환자복이 더러워져 환복해주셨는데. 환복하느라 빼뒀던 무통주사를 연결해주지 않아서 첫날 반나절 제외하고는 내내 무통 없이 버텼다는 걸 퇴원 날에야 알았습니다.

애써주고 있는 건 알지만, 그래도 조금만 더
조심조심 친절하게 대해줬으면 좋겠어요.

완전한 회복

제왕절개 수술을 했는데도 2박 3일만에
퇴원해야 하는 날. 퇴원 수속을 하라는데 다리는
완전히 마비돼서 요지부동이고 의료진들은 끝까지
모르쇠로 일관하고 그 정신없는 와중에 조카들이
독감에 걸려 돌봐줄 사람이 없다며 순대 씨(워킹맘)에게
울면서 전화가 왔고. 퇴원, 조리원까지 동행해주기로
하셨던 엄마는 조카들 걱정에 연신 퇴원 여부를
재촉하시고…… 결국 하루 미뤄진 퇴원.
각종 검사를 하러 맨발로 추운 병동 곳곳을 헤맸던 날.
엄마도 없고, 같이 입원한 산모들마저 모두 퇴원한
텅 빈 병실에서 서럽게 서럽게 울었답니다.

수술 후 24시간 내로 다리 감각이 돌아와야하는데, 처음 무통 관 삽입시부터 심상치 않던 우측 다리의 감각이 <u>퇴원 당일까지도</u> 감감무소식이었습니다.

↳ 대학병원은 제왕절개도
2박3일만 입원 가능

게다가 원인 모를 허리, 엉덩이 통증이 너무 심하다고 입원기간 내내 호소했지만 의료진마다 대답도 다르고 자기들은 잘못 없다는 말만 되풀이하더라구요.

저희는 잘 모르겠네요.
일단 좀 기다려 보세요.

일단, 무릎 탓은 아니래요.
마취쌤이 잘못한 건 없으시대요.

무릎주사 때문인 것
같긴 한데... 일단 좀
기다려 보세요.

그냥 마취가 덜 풀린
것 같아요. 일단 좀
기다려 보세요.

엉덩이요? ...뭐지?
일단 기다려 보세요.

글쎄요. 왜 그럴까요?
일단 기다려 보세요.

입원 기간 내내 예민한 환자 취급하더니 뒤늦게서야 그 추운 날 양말도 없이
이 층 저 층으로 돌아다니며 검사받게 하고.. 정말이지 엉망진창이었어요.

무통주사 탓은 아니라더니 양자 씨 앞에서 자기들끼리 험담을 하질 않나. 왜 아프냐고 양자 씨에게 되묻기까지…….

원인을 모르니까
일단 퇴원 하시구요.

아마 그럴 일은
없을 거예요.

죽을 것처럼 아프고 열이
나면 목숨이 위험한 거니까
바로 병원으로 오세요.

모. 모.. 목숨이요ㅛㅛ?

통증 의학과

나 지금..
뭘 들은거니...?

결국 퇴원은 미뤄지고 그 날 오후가 돼서야 나타나신 담당 교수님 지시
하에 무통 관을 제거하니 그제서야 서서히 돌아오는 감각.

간혹 무통 관 삽입이
잘못돼서 마비가 오는 경우도
있으니 무통 관을 빼보죠.

그리고 수술 자체는 잘
됐기 때문에 엉덩이 통증은
제 소관이 아니에요.

원인이 밝혀지고 나서도 마취과 쌤은 나타나지 않으셨어유.

엉덩이가 마비된 것 같은 통증은 출산 후 무려 18개월 가량 지속되다 점차 희미해졌지만 여전히 감각은 무디답니다.

그리고 왜 엉덩이가 아팠는지는...
지금까지도 원인불명이랍니다. 하하하하하

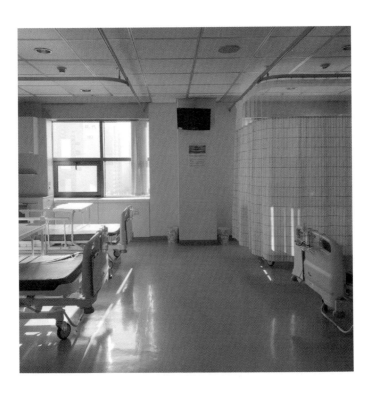

아팠던 퇴원

마음과 엉덩이는 몹시 아프지만
모든 설움과 두려움, 분노를 병원에 두고
산후조리원으로 떠납니다.
조리원 라이프는 제발 순탄하기를……!

저체중아라 맞는 모자가
없어서 모자 끝부분을
머리끈으로 묶음

아가야, 밖으로 나갈 준비 됐어?

병원은 빠이빠이- 조리원아 잘 부탁해-

조건원 남성

오빠야……?
많이 행복해……?

엉덩이는 돌아오지 않았지만.. 어쨌든. 산모들의 파라다이스라는 조리원에 입성했습니다.

도착하자마자 원장님이 짝지어주신 신입친구(?)랑 점심도 먹고

달팽이 영감이랑 여기저기 구경도 다녀보고

그런데요...

이 철딱서니 없는 영감탱이를 어찌할까요... 조리원 TV에 영화채널이 많다고 잔뜩 신이 났네요.

너 쉬라고 온 조리원이 아닐 텐데......?

조동아리 결성

출산 전까지는 남편한테도 보이지 않았던
가장 못생기고 원초적인 모습일 때 만난 친구들.
게다가 생일이 거의 같은 아가들을 동시에
키우고 있으니 뜨거운 전우애가 싹트지 않을 수 없죠 :)

첫 번째 멤버는 입소 동기인 예쁜이 다둥이맘 하나 씨

하늘하늘

산모의 트레이드마크인
붓기라고는 전혀 없는데다
여신처럼 긴 머리를 스르륵
늘어뜨리고 다님

방금 출산한 사람이라고는
믿기지 않는 미모의 소유자

늘씬늘씬

조동아리 멤버 중 유일한 둘째 맘

두 번째 멤버는 조리원 핵인싸 봄봄이 맘 혜란 씨

세 번째 멤버는 애기보다 더 애기 같은 둥이 엄마 다래 씨

첫인상은
백설기 처럼 하얗고
서늘한 냉미녀 같은데
알고 보면 세상 뜨듯하고
다정한 여자

조동아리 최연소 멤버

자그마한 몸집에 숨겨둔
괴력으로 쌍둥이를 한 팔에
한 명씩 번쩍번쩍 들고도
포커페이스 유지

네 번째 멤버는 가장 마지막에 친해진 키다리 열무엄마 민지 씨

그리고 마지막 멤버는... 두둥! 딸기맘 양자 씨!

처음엔 인사만 수줍게 나누는 사이였는데 어느새 친해져서 식사시간이
끝나고도 옹기종기 모여서 정보공유도 하고 수다도 떨고 너무나 즐거웠답니다.

이렇게 모인 다섯명은 지금까지도 쭉욱 돈독한 관계를 유지하고 있쥬!

조동아리 결성!

모유 공장 공장장

빨간 꽃 노란 꽃 꽃밭 가득 피어도
하얀 나비 꽃 나비 담장 위에 날아도
따스한 봄바람이 불고 또 불어도
젖 공장은 잘도 도네 돌아가네.

공장엔 수유등이 밤새 비추고
젖 공장은 잘도 도네 돌아가네.

완모하신 분들 진짜 대단하십니다요.
하지만 모유 수유, 분유 수유는 그저 선택일 뿐!
요즘은 분유가 아주 아주 잘 나온답니다. ㅎㅎㅎ

딸기가 너무 작게 태어나서 직수가 불가능 하기도 했고, 몸부터 빨리 회복하자는 생각에 수유콜을 전혀 받지 않았습니다.

수유콜 사절

무조건 먹고
자고 쉰다

각종 프로그램
일체 참여 안함

NO

하지만 쉴 새 없이 차오르는 모유를 아기에게 먹이기 위해 3시간에 한 번씩
유축은 꼭 해야만 해요.

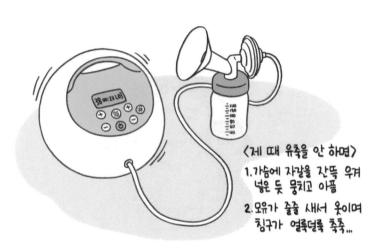

〈제 때 유축을 안 하면〉

1. 가슴에 자갈을 잔뜩 우겨
   넣은 듯 뭉치고 아픔

2. 모유가 줄줄 새서 옷이며
   침구가 얼룩덜룩 축축...

아침 먹고 짜고. 간식 먹고 짜고. 점심 먹고 짜고. 간식 먹고 짜고. 저녁 먹고 또 짜고

자다가도 짜고, 쉬다가도 짜고

조리원에 쉬러 온 건지, 24시간 돌아가는 젖 공장에 취직한 건지 모르겠어요.

어느 날 점심시간

눈물이 나도. 힘들어도.
어김없이 시간 맞춰 유축하는 우리는

모유 공장 공장장 입니다.

아니 근데요.
코끼리 다리는 며칠 내로 되돌아왔는데
왜 체중은…… 응?
……네?

부종으로 최고치 찍었던…….
그날 그대로 지금까지……응?
……왜지…….

출산 후 며칠이 지나자 다리가 코끼리처럼 심하게 붓기 시작했습니다.

매일 아침 로비에서 혈압과 체중을 재는데 그렇게 노력해도 50kg를 넘지 못하던 체중이 부종으로 인해 가뿐히 52kg가 찍히네요.

저녁식사 후 수다 타임

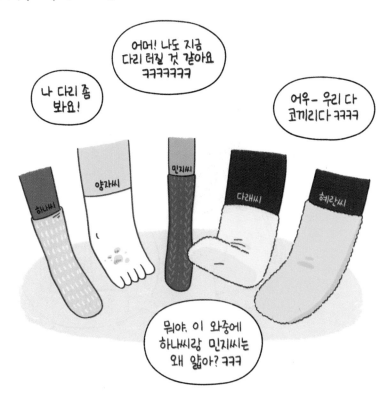

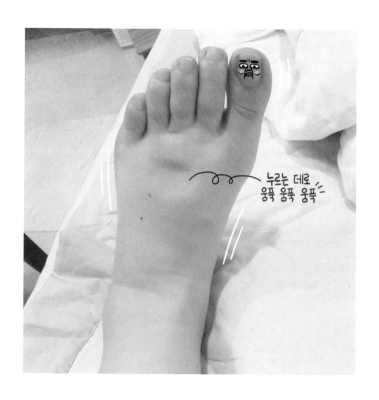

누르는 데로
움푹 움푹 움푹

안변이 늘엤거나, 덤꽴이 여간

나 듣기 좋으라고 지어낸 말이라고 해도
기분이 좋았으니 일단 통과 :)

수술 후 14일 만에 드디어 실밥을 풀었습니다.

외출한 김에 카페에 들러서 케이크도 먹고 도란도란 얘기도 나누며 좋은 시간을 보냈쥬.

드디어 샤워!

매일 한바가지씩 쏟아내는 오로와 땀으로 끈끈이 같은 몸.
떡진 머리가 볼이며 이마에 찰싹찰싹 달라붙는데도
씻지 못하는 찝찝함은 진짜 겪어본 사람만이 알 수 있다!
지금도 가끔 씻기 귀찮을 때마다 그날의 상쾌함을 떠올리며
몸을 벌떡벌떡 일으킨답니다.

실밥을 풀고 드디어 2주만에 샤워를 했습니다.

아주 시원하게는 못 씻었지만 비누칠도 하고. 머리도 감고.. 샤워의 소중함을 뼈저리게(?) 느꼈어요.

처음으로 씻은 양자씨를 본 조동아리 친구들이 저마다 한마디씩 해주네요.

그 녀석 성깔 있네

다른 아가들은 하나같이 "으앙-" 하고 우는데
딸기만 화가 잔뜩 나서 꾸짖고 따지듯이
잉, 잉, 잉!
으, 으, 으, 으, 의!

거의 울지 않는 너그러운(?) 아가이지만
한 번 화가 나면 무섭게 따져 묻는 한 방 있는 아가. :)

산후조리원 생활 내내 딸기의 우는 모습을 본 적이 없습니다.

어느 날. 로비에 유축한 모유를 갖다두러 나왔다가 너무 신기하게 우는 소리를 들었어요.

잉, 잉, 잉!

아주 분해서 따지듯이 우는 소리에 관리사님들도 신기해하며 웃으시더라구요.

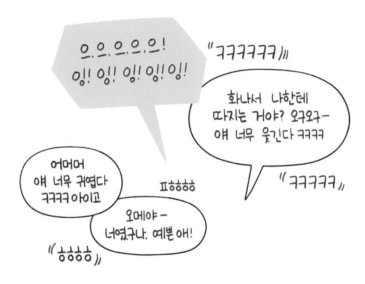

너무 웃겨서 대체 뉘 집 애가 그렇게 우나 봤는데

우리 집 애기였네요. ㅋㅋㅋㅋ

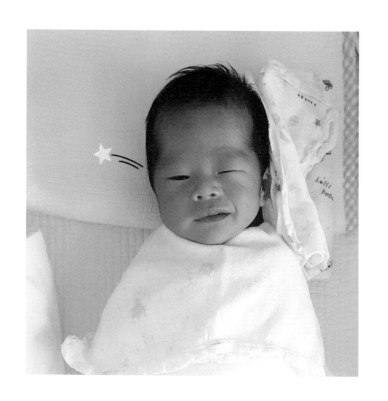

럭셔리라면서요

입소기간 내내 강조하셨던
'럭셔리'와는 조금 거리가 있었지만
소중한 나의 조동아리 친구들을
만날 수 있었음에 감사한
'럭셔리' 땡땡 산후조리원 :)

양자 씨가 머무는 산후조리원 원장님은 틈만 나면 이 지역에 이렇게 고급스러운 조리원이 없다며 자랑을 하십니다.

제가 일산에서 할 때는 최소 600만원씩 받고 했었어요.

여기는, 가격은 낮추고 시설은 똑-같이 한 거예요. 오호호호호호호-

이 지역은- 비싸면 안 되더라고- 오호호호호호

그런데... 화장실에서 온수가 제대로 안 나오네요...?

손 시려어 산모인데 찬물로 씻어야 한다니...

아니. 온수가 아예 안나와?

어휴. 손 차가운 것 봐

오죽하면 시간까지 재봤는데 물 틀어놓고 5분 이상 있어야 나와.

그 마저도 나왔다. 안 나왔다 해.

혜란 씨네 방은 화장실 하수구에서 악취가...

다래 씨네 방은 수압이 약해서 물이 쫄쫄쫄

원복은 매일 단체 세탁 후 갖다주시는데 새 옷이 많은데도 자꾸만 누더기 투피스만 주시네요. o

하지만 실제로는 그냥 지나가는 길에 불쑥 찾아오셔서 대충 확인만 하시고 끝.

잘 지내다 오긴 했지만 침이 마르도록
강조하신 럭셔리는 아닌 것 같아요. ㅎㅎㅎ

딸기와 불타는 사랑에 빠져서
양자 씨는 보이지도 않는 달팽이 영감.
오빠야!
여보?
여기 나도 있다니까!

달팽이 영감은 요즘 사랑에 빠져버렸어요.

모자동실 시간

퇴근 후

하루 두 번씩 모자동실 시간을 가지는 양자 씨는 그저 쉬고 싶은데 자꾸만 딸기를 데려와서 몇 시간이고 곁을 떠날 줄 모르는 달팽이 영감.

뭐, 그래도 똑같이 생긴 애 들이서 꽁냥대고 있으니 귀엽긴 하네요. ㅎㅎㅎ

겁나서 말을 못하겠어

누가 말 걸어 주면 되게 좋아하는데
먼저 전화번호는 못 물어보는 사람.
조동아리여 영원하라!

다사다난했던 산후조리원 생활에도 어느덧 끝이 다가왔습니다.

퇴소 후에도 조동아리 친구들과 친하게 지내고 싶었지만 수줍어서 연락처
못 물어본 채로 마지막 식사시간이 지나가고 있었어요.

아……
어……
어……

하나 씨가 용기내 총대를 메준 덕분에 조동아리는 그 후로도
돈독한 사이를 유지하고 있답니다.

흥부자 할머니는 하루 종일
목청 높여 노래를 부릅니다.
모든 노래가 1절도 아닌 한 소절뿐인 게
함정이라면 함정……?

산후도우미가 오기 전에 마미가 며칠간 딸기와 양자 씨를 도우러 오셨어요.

온종일 딸기한테 재밌는 얘기도 해주시고 노래도 많이 해주시는데...
응...? 노래가 왜 전부 다...?

모든 노래가 "그 다음 뭐지?"로 끝나네요. ㅋㅋㅋㅋ

할머니랑 딸기랑

유쾌한 할머니랑
눈을 반짝이며 귀 기울이는 딸기.
할머니 덕분에 딸기는 매일매일 맛있는 것도
먹고 여기저기 여행도 다닌답니다. :)

할머니는 하루종일 딸기에게 재미난 이야기를 해주십니다.

다음 날

그 다음 날

우리 딸기 아장아장 걸을
때쯤에는 코로나 싹 없어져서
다 갈 수 있을거야.

(그래요.. 그 땐... 금방 사라질 줄
알았죠. 요놈의 코로나19...)

산후 도우미 똑소리 나게 구하는 법

친언니 순대 씨가 산후 도우미와의 마찰로
엄청 스트레스를 받았던 기억이 있어요.
그래서 양자 씨는 임신 중기부터 폭풍 검색으로
나와 딱이다 싶은 관리사 님을 찜해뒀지만……,
출산 일이 오락가락 하는 바람에 결국
스케줄이 엇갈렸답니다.
병원 바뀌고!
조리원 바뀌고!
산후 도우미도 뜻대로 안 되고…….
그래도 지나고나서 생각해보니 꿋꿋이
잘 버텼네유.

산후 도우미는 관리사님 개개인의 업무스타일과 실력, 업체의 대응방식에 따라 만족도가 천차만별이라 고민하는 분들이 많죠.

지금부터, 똑소리 나게
산후도우미를 구하는 팁을
알아봅시다!

먼저 거주하는 지역, 정부 지원 여부, 가격에 따라 어느 정도 선택의
폭을 좁힙니다.

그 다음은 마음에 드는 업체와 관리사님 후보 추리기! 양자 씨는 초록 블로그와 맘카페를 최대한 활용했어요.

그렇게 3~4곳으로 추려졌으면 전화문의 하기 전에 질문사항 정리하기

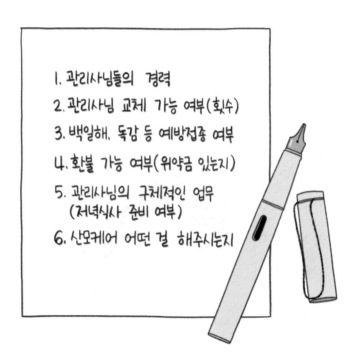

1. 관리사님들의 경력
2. 관리사님 교체 가능 여부(횟수)
3. 백일해, 독감 등 예방접종 여부
4. 환불 가능 여부(위약금 있는지)
5. 관리사님의 구체적인 업무
   (저녁식사 준비 여부)
6. 산모케어 어떤 걸 해주시는지

산모가 특별히 비중을 두고 있는 부분이 있다면 미리 전달해야 나와 잘 맞는 관리사님을 만날 확률이 높아져요.

〈특별 요구 사항〉

1. 손 빠르시고 아기 케어, 청소, 음식 깔끔하신 분

2. 밤에 일을 하기 때문에 낮에는 최대한 말수 적으시고 정말 상냥하신 분

3. 낮에 1시간 정해서 쉬시고 6시 퇴근 지켜주실 분 (쉬는 시간 없이 30분 일찍 가시는 분들이 대다수)

4. 모유수유 최대한 도움주실 분

마지막으로 조리원 퇴소 예정일 즈음으로 예약하면 산후도우미 구하기 완료! 하지만...

출산이라는 게 예정대로 딱딱 맞아떨어지지가 않쥬! (조산, 늦은 출산, 수술여부.. 등등)

내게 딱 맞는 관리사님이라 할지라도 서로 스케줄이 안 맞으면 엇갈릴 수 있기 때문에 한 업체에서 2.3순위 관리사님까지 미리 알아봐두면 당황할 일이 없쥬!

＊결국 양자 씨도 3순위 관리사님 배정 받음

처음엔 업체에 관리사님 교체를 요구하기도 했지만,
조금만 더 서로 조율해보자 생각하고 불편한 점들을
정중하게 말씀드렸더니 관리사님도 조금씩 제게
맞춰주셔서 남은 일주일은 큰 문제 없이 지낼 수 있었답니다.
한마디로 말하면 좋은 분 잘 만나서 많은 도움을 받았어요.
애 음식은 정말……. 저랑은 안 맞았네유.

드디어 2주간 도움을 받게 될 관리사님이 오셨습니다.

살림도 척척

쓱쓱
싹싹

제가 있을 때 만이라도
손수건은 들통에 삶을게요.

딸기도 너무 예뻐해주시고

코로나19가 막 발생한 시점이라 걱정이 많았는데 위생관념이 정말 철저하신 분이셨어요.

하지만 모든 인간은 완벽할 수가 없죠.

다른 좋은 부분이 많아 참아보려 했지만 부실한 식사와 자잘한 의견충돌이 있었습니다.

이모님 상차림

너무 달달한
계란 장조림

너무 달달한
멸치 볶음

억세고 달달한
고사리 나물

조미김 풀어
끓인 김국

반찬이 단 건
딱 질색인데...

일반적인(?)
산모 상차림

그러다 3일째날 저녁, 결정적인 사건(?)이 일어납니다.

자, 여기!

비빌 것 없이 그냥
마요네즈에 찍어먹어요.

어차피 뱃속에
들어가면 다
똑같지. 뭐ㅋㅋㅋ

두둥!

와... 이건 진짜
아닌 것 같은데...

숭덩숭덩 대충 갈라
믹싱볼에 담긴... 사라..다...?

손이 엄청나게 많이 가는 산해진미를
부탁한 것도 아니고, 이렇게 먹을 거면
굳이 만들어 달라고 하지도 않았겠쥬...

제발 좀 자고 싶은 날

수유 때문에 꼬박꼬박 끼니 챙기랴,
간신히 가능해진 직수(직접 수유) 시간 맞추랴,
잘 시간이 많지도 않은데
끝없는 관리사님의 이야기를 듣고 있자니
아주 죽을 맛이더라구요.
말로는 이제 빨리 자라면서
끝없이 이어지는 관리사님의 이야기 보따리!

평소에는 말수가 적으시던 관리사님도 파워수다쟁이가 되실 때가 있는데요. 바로...

낮잠 자러 들어가면 손마사지를 해주시러 같이 들어오시는데, 솜씨가
정말 좋으셔서 잠이 솔솔 쏟아지거든요.

잠시 후

또 잠시 후...

내가 예전에 아주 크게 식당을 했었어요.
큰 기와집을 사들여서 백숙집을 했는데 넓은 마당에 차들이 가득 찼었지. 맛있고 인심 좋다고 소문이 자자했어요.
아.. 그러셨구나...
돈도 많이 벌었는데 내가 힘들어서 그만 둔거야. 얼른 자요.
꾸벅 꾸벅
네...

또또 잠시 후...

식당 해서 번 돈으로 내가
우리 딸래미 유학 보내줬잖아.

아. 네에..

얼굴도 예쁘고 공부도 잘해서~
어쩌고 저쩌고~ 기어코 한국엘 들어와서
직장생활도 못하고 한국남자랑 결혼했어.
공부를 길게 했는데 아깝다니까. 아주...

...그러셨..구나...

이제 얼른 자요.

ㄹㄹㄹ

......

영원히 안 끝날 것 같은 잠시 후...

그날 저녁

벌써 육아 갔지!?

수유 지옥
트림 지옥
유축 지옥
진짜 지옥같이 힘든데……, 행복해요, 왜일까요!
너무 힘들어서 엉엉 울다가도
딸기가 눈동자만 도르륵 굴려도 웃음이 나고
발가락만 보여도 사랑스러워 미치겠네요. ♡

직업병 + 산후풍 때문에 새벽 수유는 양자씨가. 트림과 기저귀는
달팽이 영감이 담당합니다.

그날도 새벽 수유 후 딸기를 달팽이 영감에게 토스하고
열심히 유축을 했쥬. (양자 씨는 혼합 수유 중)

좀 비켜달라고 깨우니 가슴에 손을 토닥이며 다시 방 밖으로 나가는 게 아니겠어요?

나 잘났다 우쭐대던 날들이여, 안녕-
'자세 좀 바로 해라'로 시작해서
애한테 짜증내지 마라,
애가 말하는데 끝까지 좀 들어라,
피곤해도 외모 좀 가꿔라,
그걸 왜 그렇게 하냐,
저건 왜 저렇게 두냐······.
진짜 애 키워보지도 않았으면서
별별 잔소리를 다 늘어놓던 과거의 제 뺨따귀를
두어 대, 아니, 서너 대 후려치고 싶네요.

출산 전에는 바른 자세에 자부심이 컸던 양자 씨

위풍  당당

평소 자세가 좋지 않은 순대 씨에게 새우등이라고 어마어마한
잔소리를 퍼부었쥬.

하지만 막상 양자 씨가 출산, 육아를 겪어보니...

제가 더 구부정한 새우가 되어버렸네유.

코가 떨어질 것 같은 지독한 홍어 냄새!
아니 근데 그 냄새가 왜 이렇게 그립쥬?
신생아 때만 맡을 수 있는 귀한 냄새니
부지런히 맡아두자구요.

딸기의 목, 손, 겨드랑이에서는 아직 남아있는 태지와 먼지가 뒤섞여 쉰내가 솔솔 납니다.

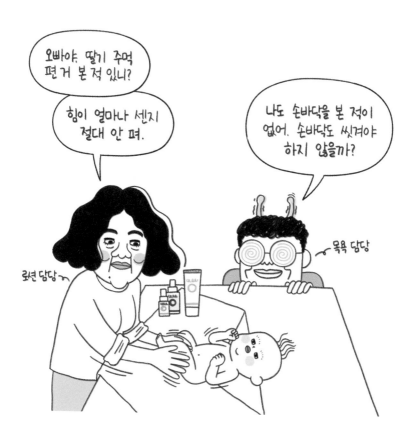

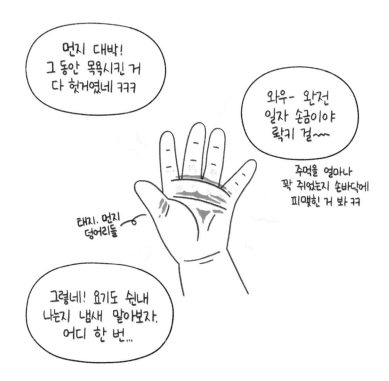

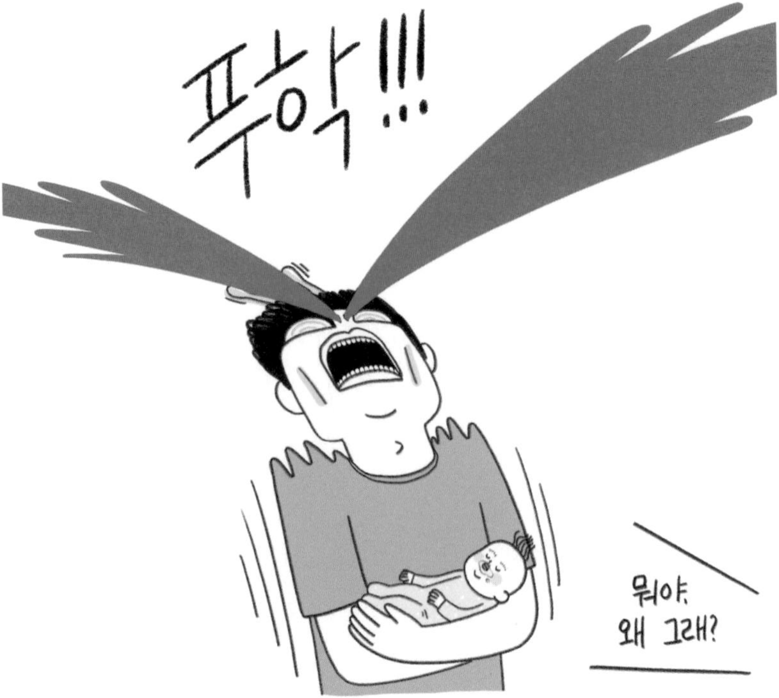
푸학!!!
뭐야, 왜 그래?

애기 냄새가
얼마나 좋...

딸기 손 감싸서
냄새 맡는 양자 씨

정말이지 숨이 턱 막히는 홍어 냄새가 진동을 하네요.ㅋㅋㅋㅋㅋ

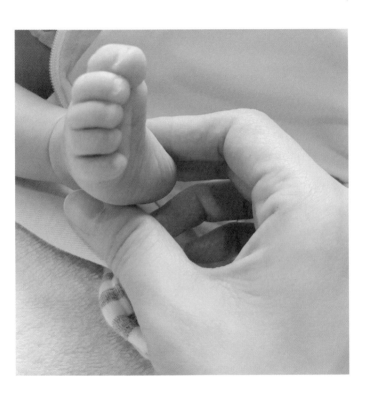

지금까지도 단호박 샐러드만 보면
그날의 사건(?)이 떠올라서 웃곤 한답니다.

이모님이 안 계신 주말이었습니다.

바닥에 떨어진 응가

으악! 딸기 지금
또 응가했나봐!

ㅋㅋㅋㅋㅋㅋㅋ
공중에서 응가한거야?
와하하하하하

아, 너무 귀여워.
ㅋㅋㅋㅋㅋㅋㅋ

다음 날 점심

통잠의 기적

생후 40일 8시간을 시작으로
11시간, 12시간, 13시간까지 쭉쭉쭉
통잠을 자주는 딸기 덕에 양자 씨와 달팽이 영감은
일찌감치 수유 지옥에서 벗어날 수 있었습니다.
순두부 효녀 딸기 만세!

밤에도 2~3시간마다 수유를 해야하기 때문에 딸기방 앞에서 기다리다
잠깐 잠이 든 달팽이 영감.

※ 딸기는 태어나자마자 바로 분리 수면을 시작했어요.

잠시 쪽잠을 잤다고 생각했는데 눈을 떠보니...

해는 중천에 떠있고 딸기는 마지막 수유로부터 8시간이나 지나있었어요.

울면서 방으로 뛰어들어가보니

...세상 평온하게 자고 있는 딸기

그래도 너무 불안해서 바로 병원으로 달려갔쥬.

그렇게 생후 40일째 되던 날부터 딸기의 갑작스러운(?) 통잠이
시작되었습니다.

단유를 시도하면 아가들이 귀신같이 알고
평소보다 더 악쓰며 울고 엄마 젖을 찾는다더라구요.
몇날 며칠 고생하다 결국 다시 물리는 엄마들을 보고
엄청 겁먹었는데…….
여러분.
딸기 쿨한 거 아시쥬?
한번 엥- 하더니 두 번도 안 찾네요.

밤낮으로 부지런히 돌아가던 양자 씨네 모유 공장에 위기의 손님이 들이닥쳤습니다.

그것은 바로 반갑지 않은 산후우울증...
마디마디 안 아픈 곳이 없어...
가슴에 자갈이 찬 것 같아...
수유할 때마다 두근거리면서 눈물 나...
나.. 술마시고 싶어...
태초부터 알쓰
잠 좀 자고 싶어.
나 너무... 안 행복해ㅇ

저의 고통이 딸기에게도 좋지 않은 영향을 줄 것 같아 50일만에
단유를 결심했습니다.

모유 공장 폐업신고 후 마지막 직수. 뭔가 낌새를 눈치챈 건지 오물오물 평소보다 더 열심히 먹는 딸기.

중간에 통증이 심하면 일정량을 한두 번씩 유축하기도 하는데.
양자 씨는 빨리 단유하고픈 마음에 이 악물고 참아서
마사지 두 번 만에 단유를 성공했습니다만……
딸기와 가슴이의 텔레파시 교류는 아주 오랫동안 지속됐습니다.
눈만 마주치면,
아니
딸기 사진만 봐도
가슴이가 먼저 반응을 해서 어휴!

출산의 고통은 누구나 한번쯤 들어라도 봤지. 모유 수유와 단유의 고통은 대체 왜 아무도 말을 안 해주는 거예요?

모유가 팡팡" 잘 나오는 와중에 단유를 결정한 양자 씨는
더욱 큰 고통에 시달려야 했답니다. °

급히 예약을 하고 찾아간 수유, 단유 마사지샵

약간의 고통이 동반되지만 그날의 시원함은 평생 잊지 못할거예요. ♡

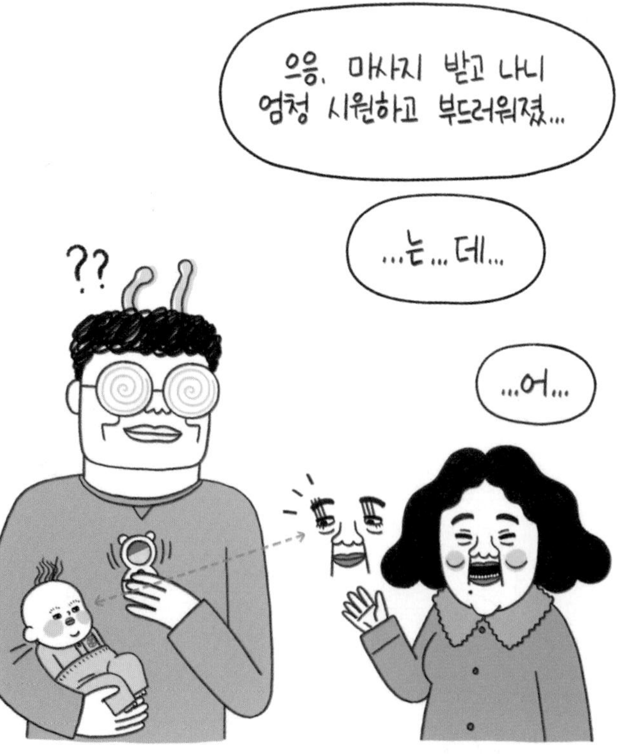
으응, 마사지 받고 나니
엄청 시원하고 부드러워졌...
...는...데...
...어...
??

과연, 양자 씨의 단유 프로젝트는 성공할 수 있을 것인가! 두둥-

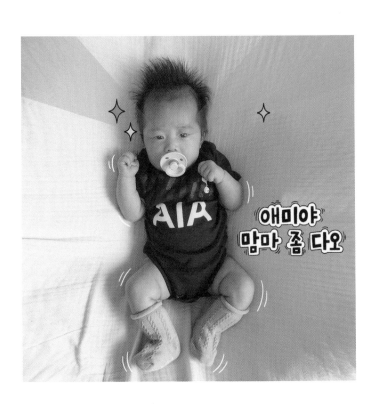

애미야
맘마 좀 다오

이별, 그리고 새로운 시작

이제는 진짜진짜
우리끼리 똘똘 뭉쳐 헤쳐나가야 해!
할 수 있다!
해낸다!

잘 해낸다!

은근히 신경전도 있었고, 도움도 많이 받았던 산후 도우미 님과의 마지막 날

딸기를 정말 예뻐해주신 이모님이 가신다고 생각하니 서운한 마음이 들어서 작은 선물도 준비했지요.

이제는 정말 헤어져야 할 시간

병원 - 산후조리원 - 친정엄마 - 산후도우미까지. 늘 누군가의 보살핌 속에
생활하던 딸기네 가족.

자자, 이별의 슬픔은 뒤로 하고

이제부턴 진짜 우리 셋이 헤쳐가야 해!

임신과 출산, 그리고 육아라는 세계!

어른이 되어 결혼을 하면 대부분 경험하는 이 세계는 누구나 알고 누구한테나 남 일이 아니지만, 옛날부터 지금까지 엄청난 신비주의를 고집합니다.

귀엽게 볼록 나온 배, 사랑스러운 아기와의 교감, 성스러운 모성애, 앙증맞은 아기 옷……

이처럼 온통 사랑스럽고 성스러운 것들에 가려진 기미, 튼살, 듣도 보도 못한 통증들, 널뛰는 감정, 배려 없는 사람들, 따가운 시선, 기함하게 비싼 아기용품에 대한 것들은 아무도 미리 말해주지 않았어요.

처음엔 폭삭 속은 것 같은 기분에 화가 나서 쓰고 그랬습니다만, 수많은 경험의 정거장을 거쳐온 지금은 불 같은 화 대신 작은 사명감이 피어오릅니다.

미리 안다고 해서 힘들고 아픈 것이 덜하지는 않겠지만, 이 책을 읽은 분들이라면 아주 조금이라도 단단해진 마음으로 아기를 마주할 수 있기를 바랍니다.

하고 싶은 이야기가 너무 많아 이야기를 시작하자마자 끝내는 기분이 들 만큼 아쉬움이 많이 남지만 『분노의 임신 일기』는 이쯤에서 마무리를 짓고, 저는 육아의 세계로 한 걸음 더 나아가려고 합니다.

앞으로 어떤 엄청난 일들이 펼쳐질지, 딸기는 과연 어떤 아이로 자라날지, 양자 씨와 달팽이는 어떤 부모로 성장할지 언젠가 다시 소식 전할 날을 기대하며, 3권의 이야기에 쉼표 같은 마침표를 찍겠습니다.

양자 씨 씀

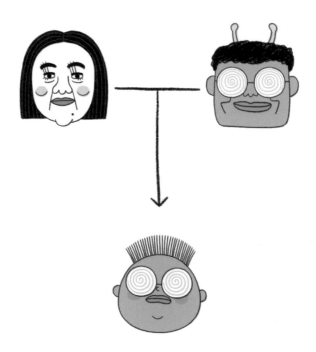

분노의 임신일기 03 어차피 나올 거면서, 왜?

1쇄 펴낸날 2023년 5월 31일

지은이 양자윤

엮은이 김향수
꾸민이 황상미
찍은이 동인에이피

펴낸이 김향수
펴낸곳 향
출판등록 제406-251002009000035
주소 서울특별시 마포구 창전로 26, 상가동 304호
전화 070-7797-7721
전자우편 fallinnosto@hanmail.net
블로그 blog.naver.com/hyang_publishing
인스타그램 hyang_publishing
페이스북 hyang publishing house

제조국 대한민국

ISBN 979-11-91886-23-8
       979-11-972285-5-1 04810(세트)

향출판사 블로그